Globule
Des voyous à l'école

Globule
Des voyous à l'école

Jean-Pierre Dubé

Illustrations de Tristan Demers

COLLECTION
Le chat & la souris

ÉDITIONS
MICHEL
QUINTIN

Données de catalogage avant publication (Canada)

Dubé, Jean-Pierre

  Globule : des voyous à l'école

  (Le chat et la souris ; 26)
  (Les aventures de Globule)
  Pour enfants de 7 ans et plus.

  ISBN 2-89435-258-1

  I. Demers, Tristan, 1972-   . II. Titre. III. Collection:
Dubé, Jean-Pierre. Aventures de Globule. IV. Collection:
Chat et la souris (Waterloo, Québec) ; 26.

PS8557.U224G54 2004   jC843'.6   C2004-941166-7
PS9557.U224G54 2004

Révision linguistique : Monique Herbeuval

 Le Conseil des Arts du Canada
The Canada Council for the Arts

 Quebec

▐✦▌ Patrimoine   Canadian
canadien   Heritage

La publication de cet ouvrage a été réalisée grâce au soutien financier du Conseil des Arts du Canada et de la SODEC.

De plus, les Éditions Michel Quintin bénéficient de l'aide financière du gouvernement du Canada par l'entremise du Programme d'aide au développement de l'industrie de l'édition (PADIÉ) pour leurs activités d'édition.

Gouvernement du Québec – Programme de crédit d'impôt pour l'édition de livres – Gestion SODEC

ISBN 2-89435-258-1

Dépôt légal - Bibliothèque nationale du Québec, 2004
Dépôt légal - Bibliothèque nationale du Canada, 2004

Éditions Michel Quintin
C.P. 340, Waterloo (Québec)
Canada J0E 2N0
Tél.:   (450) 539-3774
Téléc.: (450) 539-4905
www.editionsmichelquintin.ca

1 2 3 4 5 6 7 8 9 0 M L 0 9 8 7 6 5 4

Imprimé au Canada

Chapitre 1

Retour à l'école

Le soleil se leva tout doucement sur le lac dont la surface était balayée par un léger vent d'automne. Tout au fond du plan d'eau, la vie s'éveilla avec la venue des premiers rayons.

Héma pénétra dans la chambre de son fils et ouvrit bien grand les stores pour laisser entrer la lumière.

— Allez, debout fiston! C'est aujourd'hui le grand jour.

Globule se redressa dans son lit et fit la moue.

— Non! Je ne veux pas aller à l'école.

— Tu dis cela à chaque année. Tu dois aller t'instruire si tu veux devenir savant comme le docteur Caillot. Allez, un peu de courage.

Globule se leva à contrecœur. Après le déjeuner, il fit sa toilette en prévision de son premier jour de classe. Sa mère lui remit son sac à dos.

— Bon, je crois que tout y est. Fais attention, j'y ai mis ton dîner : un sac de sang O positif, ton préféré!

— Merci, maman. Salut!

— Bonne journée, Globule, dit Héma.

Globule sortit de la maison et prit la direction de l'école. Sur son chemin, il croisa le facteur Rhésus, qui distribuait le courrier. Il arriva dans la cour de l'école et se glissa parmi les autres sangsues qui discutaient bruyamment. Ne voyant personne qu'il connaissait, il sillonna le terrain pour tuer le temps. Il vit alors un attroupement se former et, curieux, alla y jeter un coup d'œil. Trois costauds, dépassant d'une tête tous les autres, nageaient en rond autour d'une petite sangsue toute frêle repliée sur elle-même. Ils lui criaient : « Vampire, vampire, tu n'es qu'un sale vampire ! » L'un des

assaillants lui porta plusieurs coups. Personne ne semblait vouloir intervenir. Globule, lui, n'hésita pas une seconde.

— Arrêtez, arrêtez, vous lui faites mal! s'écria-t-il, en s'interposant.

Les trois acolytes se tournèrent vers lui, menaçants.

— De quoi je me mêle? Tu veux une leçon, toi aussi? jeta un des agresseurs.

Globule allait répliquer lorsque la cloche retentit. À regret, les trois lascars rebroussèrent chemin en lançant cette menace :

— On s'occupera de toi plus tard! Tu ne perds rien pour attendre!

Les ignorant, Globule aida la victime à se relever.

— Allez, lève-toi, on va être en retard. Quel est ton nom?

— Je m'appelle Fibrine. Merci pour ton aide, mais tu n'aurais pas dû. Tu vas avoir des ennuis.

Comme il parlait, Globule comprit pourquoi les assaillants de Fibrine l'avaient traité de vampire. Au lieu d'avoir de petites dents rondes comme tout le monde, il avait des dents très longues et pointues. Et il était d'une pâleur!

— Enchanté, Fibrine. Moi, c'est Globule. Tu es nouveau ici?

— Oui. Ma famille vient tout juste d'emménager dans le coin.

Globule et Fibrine se rappro-
chèrent de la porte d'entrée.

— Qui sont ceux qui m'ont
attaqué? Est-ce que tu les
connais, Globule?

— Des élèves de dernière
année. Le chef, c'est Varice, un
dur à cuire. On dirait bien

que lui et ses deux complices, Thrombus et Thrombose, ont décidé de faire du « taxage » sur les nouveaux cette année.

— Du quoi??

— Du « taxage ». Si tu ne veux pas d'ennuis, tu dois leur donner ce qu'ils te demandent, expliqua Globule.

— C'est donc ça! Ils voulaient mon sac d'école, un cadeau de ma grand-mère. J'ai refusé et ils se sont mis à me crier des noms et à me frapper. Ils n'ont pas le droit de faire ça!

— Non, mais ils se moquent bien de la loi! La seule loi qu'ils connaissent, c'est la loi du plus fort!

Ils auraient voulu poursuivre leur conversation, mais un enseignant vint leur demander de se rendre à la cafétéria.

Lorsque tous les élèves furent réunis dans la grande salle, la voix grave et chaude d'une grande sangsue à l'allure autoritaire se fit entendre à l'avant :

— Bonjour à tous et bienvenue. Je me présente : je m'appelle monsieur Hème, et je suis le directeur de cette école. Une nouvelle année scolaire va

bientôt commencer et je suis sûr que votre esprit a soif de connaissances. Si vous travaillez fort, vous réussirez sans problème. En passant, vous verrez des petites boîtes rouges disposées un peu partout. Elles sont destinées à recueillir des fonds pour l'Unisang. Cet organisme a pris en charge les

sinistrés des pluies acides des lacs des régions du Nord. Des centaines de cas d'ulcères d'estomac et de leucémie nécessitant une hospitalisation ont été recensés et des populations entières ont dû être déplacées. Cela a entraîné des frais énormes. Je compte sur votre participation afin d'amasser des dons pour vos frères et sœurs sangsues. Et maintenant, chaque professeur va nommer à voix haute les élèves qui formeront sa classe.

Globule et Fibrine constatèrent avec joie qu'ils étaient dans le même groupe.

Chapitre 2

Un premier devoir

Nos deux copains s'assirent côte à côte dans la première rangée. Leur professeur, une sangsue âgée portant de petites lunettes, fit une entrée remarquée en se cognant contre le cadre de la porte, puis contre son bureau, et il faillit tomber en ratant sa chaise.

— Veuillez m'excuser, dit-il, ma vue n'est plus ce qu'elle a déjà été!

Il enleva ses lunettes et les essuya. Il reprit la parole.

— Je suis le professeur Phlébite et j'enseigne dans cette école depuis plus de quarante ans. Je suis responsable du cours sur le système circulatoire qui est, comme vous vous en doutez, le cours le plus important pour une sangsue. Parole de Phlébite, vous avez de la veine de m'avoir comme prof...

Il n'acheva pas sa phrase car il fut pris d'une quinte de toux qui provoqua des remous jusqu'au fond de la classe. Quand il arrêta finalement de tousser, il s'assit sur sa chaise et enchaîna :

— Cette année nous verrons comment le sang voyage dans notre corps. Ouvrez vos cahiers, nous allons commencer.

Le cours se déroula sans encombre jusqu'au moment où la cloche sonna. Le professeur leur donna un devoir, à faire pour le lendemain, sur la différence entre une veine et une artère.

Globule et Fibrine quittèrent la salle de classe et se dirigèrent vers la cafétéria pour le repas du midi.

— Tu parles d'un devoir pour une première journée, s'exclama Fibrine.

— Oui, il ne perd pas de temps, le professeur Phlébite! Allez, on va dîner, j'ai une faim de loup de mer! répondit

Globule. Tiens, voilà une table libre.

Mais Fibrine ne l'écoutait plus car il venait d'apercevoir Varice et ses deux inséparables compagnons. Fibrine et Globule s'installèrent en vitesse en espérant ne pas être repérés par les durs à cuire. Mais peine perdue, ces derniers vinrent se planter au bout de la table.

— Mais voyez-vous qui est là? lança Varice. La pauvre victime et son sauveur! Comme c'est touchant! J'en ai les yeux pleins d'eau! Ha, ha!

— Fichez le camp, répondit Globule, sinon je vais voir le directeur et je lui dis que vous faites du « taxage ».

Varice le foudroya du regard et s'approcha de lui.

— Alors, chef, on leur fait avaler leur boîte à lunch? demanda Thrombus.

— Non, dit Varice sans quitter Globule des yeux. Gardons notre sang-froid, nous avons mieux à faire pour l'instant. Mais cet après-midi, après les cours, on s'occupera de ces mignons.

Varice, Thrombus et Thrombose quittèrent la cafétéria.

— Ouf! fit Fibrine. On l'a échappé belle. Tu ne devrais pas provoquer Varice, il est le plus fort.

Ils mangèrent leur repas rapidement et allèrent ensuite à la bibliothèque. L'après-midi se passa très bien et, après l'école, Globule et Fibrine furent soulagés de voir Varice et ses complices partir dans une autre direction qu'eux.

Les deux nouveaux amis rentrèrent sagement à la maison.

Chapitre 3

Le vol

Le lendemain matin, Globule arriva à l'école plus tôt et croisa Fibrine dans la cour.

— Bonjour, Fibrine! Tu es en avance, toi aussi.

— Salut, Globule! Oui, il faut que j'aille porter les bulletins de mon ancienne école au secrétariat. Tu viens avec moi?

— D'accord! On a le temps.

Ils nageaient dans les couloirs déserts quand, subitement, ils durent s'arrêter à un tournant. Un peu plus loin se tenaient Varice et ses deux copains, en train de vider dans un sac une des boîtes de l'Unisang

contenant les dons pour les sangsues sinistrées! Fibrine essaya de convaincre Globule de rebrousser chemin. Il lui chuchota à l'oreille:

— Viens! Ils ne nous ont pas vus. Filons avant qu'il ne soit trop tard!

— Nous devons les arrêter. Le contenu de ces boîtes ne leur appartient pas! On ne peut pas fermer les yeux sur un tel crime!

Et Fibrine, horrifié, vit son ami s'avancer vers les trois voleurs. Résigné, il le suivit.

— Arrêtez, cria Globule. Vous n'avez pas le droit de prendre cet argent. Il est destiné aux sangsues dans le besoin!

Varice se tourna vers lui sans manifester le moindre remords.

— Tiens donc, voilà la petite sangsue justicière! Tu as bien raison, mais vois-tu, je suis, moi aussi, une sangsue dans le besoin. Il me faut cet argent pour faire la fête ce soir.

Thrombus et Thrombose éclatèrent de rire.

— Tu n'as pas le droit! Je vais de ce pas te dénoncer au directeur.

— Tu n'iras nulle part, rétorqua Varice en faisant un signe à ses deux acolytes.

Aussitôt, ceux-ci se ruèrent sur Globule et l'immobilisèrent. C'est alors que Varice se mit à le marteler de coups. Lorsque ses agresseurs le lâchèrent, Globule se laissa glisser par terre, complètement sonné. La peur figea Fibrine sur place. Puis il recula sans s'en apercevoir, prêt à prendre la fuite. Mais l'image de Globule venant à son secours dans la cour de l'école lui revint en mémoire et, surmontant sa frayeur, il fonça sur Varice. Celui-ci encaissa le coup sans broncher. Fibrine planta alors ses deux longues dents dans le cou de son adversaire. Varice

cria de douleur et riposta en le projetant contre le mur. Fibrine, assommé, s'écroula.

— Bien fait pour toi, espèce de sale vampire! jeta Varice.

Au même moment, on entendit des voix qui se rapprochaient.

— Vite, il faut filer! Mais avant, j'ai une idée qui devrait nous débarrasser pour de bon de ces deux abrutis…

Varice retira de son sac l'argent dérobé et le répandit autour de Globule et de Fibrine.

— Voilà, on croira qu'ils ont volé l'argent et qu'ensuite ils se sont disputés.

Varice, Thrombus et Thrombose prirent alors la fuite. Quelques secondes plus tard, le professeur Phlébite et le directeur, monsieur Hème, apparurent au bout du corridor.

Chapitre 4

Chez le directeur

Quand Fibrine se réveilla, il était allongé sur le divan dans le bureau du directeur. Tout près de lui, le docteur Caillot parlait à Globule qui, assis dans un fauteuil, avait le visage tuméfié et arborait un œil au beurre noir.

— Décidément, mon garçon, vous avez une vie bien mouvementée[1]!

Et il ajouta à l'endroit de Fibrine :

— Ne bougez pas, jeune sangsue. Je dois également vous examiner. Vous m'inquiétez beaucoup, vous êtes d'une pâleur!

[1] Voir *Globule, la petite sangsue*, Éditions Michel Quintin.

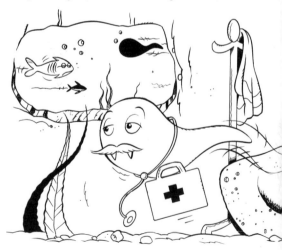

Le médecin quitta la pièce quelques minutes plus tard en priant les deux amis de rester tranquilles.

— Ça va, Fibrine? demanda Globule.

— Oui, je crois. Mais je ne me souviens de rien à partir du moment où j'ai mordu Varice.

— Tu as été très courageux d'attaquer Varice. Tu m'as sauvé la vie!

— Oui, mais ils vont vouloir notre peau maintenant!

Au même moment, monsieur Hème et le professeur Phlébite firent leur entrée. Le directeur s'adressa à Globule et à Fibrine:

— Le docteur Caillot m'a donné l'autorisation de vous questionner. Nous vous avons trouvés tous les deux gisant dans le corridor, des pièces de monnaie, provenant d'une boîte de l'Unisang, éparpillées sur le sol. Le professeur Phlébite pense que vous avez volé l'argent et

qu'ensuite vous vous êtes disputés.

— Cela me semble en effet l'hypothèse la plus plausible, confirma Phlébite.

— Toutefois, reprit monsieur Hème, il me semble curieux que vous ayez pu vous assommer mutuellement de la sorte. Aussi, j'attends de vous des explications!

Globule dévoila alors toute l'histoire et Fibrine corrobora ses dires.

— Alors, professeur, cette histoire ne vous paraît-elle pas plus vraisemblable? demanda le directeur.

— Effectivement! Nos deux amis paraissent sincères, mais nous n'avons aucune preuve directe. Ce sera leur parole contre celle des trois autres.

Quelqu'un frappa à la porte.

— Entrez, dit monsieur Hème.

Héma apparut et se précipita sur Globule.

— Mais que t'est-il encore arrivé? Tu ne finiras donc jamais de te mettre les ventouses dans les plats[1]!

— Bonjour, maman. Si tu savais ce qui nous est arrivé...

— Madame, on a été attaqués! Et on n'y est pour rien, déclara Fibrine.

Héma se tourna vers le directeur:

— Monsieur, j'espère que vous allez trouver les coupables de cette agression et les punir comme il se doit.

[1] Voir *Globule, la petite sangsue*, Éditions Michel Quintin.

— N'ayez crainte, madame, les coupables sont connus. L'école vient à peine de commencer et c'est déjà la deuxième plainte que nous recevons contre eux. Ce sont des petits malins. En plus des incidents de ce matin, nous les soupçonnons aussi de « taxage » et d'intimidation, mais il faudrait avoir des preuves.

Après avoir entendu le compte rendu des événements de la journée, Héma réfléchit quelques minutes en silence, puis elle dit :

— Ce Varice semble sensible à l'appât du gain. Si nous pouvions lui tendre un piège et le prendre sur le fait, nous aurions alors toutes les preuves voulues!

Et elle leur exposa son plan.

Chapitre 5

La main dans le sac

Assis à la cafétéria, Varice et ses deux compères discutaient joyeusement lorsqu'ils virent s'approcher le professeur Phlébite et monsieur Shunt, le professeur d'anglais. Ceux-ci s'assirent à la table à côté et entamèrent aussitôt une conversation enlevée sans se soucier de leur présence. Varice se mit à écouter attentivement.

— Il paraît qu'il y a eu un vol ce matin même à l'école, déclara monsieur Shunt.

— Oui, répondit Phlébite. Croyez-le ou non, on a volé une des boîtes de l'Unisang! Mais les coupables ont été vite attrapés et aussitôt expulsés de l'école.

Varice fit un clin d'œil à Thrombus et Thrombose. Le vieux professeur poursuivit :

— Mais comme monsieur Hème ne veut prendre aucun risque, il m'a chargé de ramasser les dons et de les mettre en sûreté. Tout est dans mon

bureau, qui est fermé à clé, bien sûr. Je vous dis que ça fait une belle somme!

La conversation se poursuivit encore quelque temps, puis les enseignants se levèrent. Un bruit métallique attira l'attention de Varice et il vit une clé par terre près du porte-documents de Phlébite. Dès que les deux professeurs eurent quitté la cafétéria, Varice s'empara prestement de la clé et la glissa dans son sac. Avec un grand sourire, il lança à ses copains :

— Venez, vous deux! Si c'est la clé du bureau de Phlébite, nous allons bientôt être riches!

Les trois lascars nagèrent rapidement en direction des bureaux du personnel et trouvèrent celui qui les intéressait. Varice tourna la clé dans la serrure et, à sa grande joie, la porte s'ouvrit. Ils pénétrèrent dans un petit corridor où régnait

une atmosphère lugubre. Sur les murs, de nombreuses étagères supportaient des pots de verre contenant des animaux utilisés pendant les cours d'écologie. Tous ces spécimens aquatiques, fixés dans le formol, semblaient monter la garde. Varice passa devant un ver plat, un concombre de mer, un brochet, un ver rond, un têtard, une moule d'eau douce, une truite. Thrombus regardait tous ces animaux au regard vide qui lui donnaient la chair de poule d'eau. Au bout du couloir se trouvaient le bureau et la bibliothèque privée du

professeur. Ils y étaient presque lorsque Thrombus lâcha un cri de mort.

— Idiot! Veux-tu bien te taire, tu vas ameuter toute l'école! chuchota Varice.

— Le têtard, chef! Il a bougé les yeux, je vous le jure! Il me regardait!

— Imbécile! Il est mort, il ne peut pas bouger les yeux! Un mot de plus et je te mets dans le bocal avec lui!

Varice s'approcha du bureau et tira sur le tiroir du haut, puis sur celui du bas. Ses pupilles se dilatèrent. Tout l'argent était là! Phlébite avait raison, ça faisait une belle somme.

— Quels idiots! Ils laissent une somme pareille sans plus de surveillance. Une sangsue de maternelle aurait réussi à s'en emparer.

Mais avant que Varice ait le temps de faire un geste, Globule et Fibrine firent leur apparition.

Varice s'écria :

— Comment! Vous êtes encore ici!

— Mais oui! Et on vous a suivis, annonça Globule.

— Reste où tu es, vermisseau, si tu ne veux pas de nouveaux ennuis, menaça Varice.

Puis il ajouta en se tournant vers Fibrine :

— Cette fois, tu n'y échapperas pas. Tu me donnes ton sac. Et vite, ça presse! J'en ai besoin pour ranger mon magot.

Soudain, le directeur surgit de derrière une étagère :

— Vous voilà pris en flagrant délit. Comme une sangsue de

maternelle! N'est-ce pas, monsieur Varice?

Puis il poursuivit :

— Suivez-moi dans mon bu-
reau, Varice, Thrombus et
Thrombose. Nous attendrons
ensemble l'arrivée de vos

parents. Je vous annonce que vous êtes expulsés de cette école et que c'est une décision sans appel. Le vol et le «taxage» ne sont pas tolérés dans cet établissement.

D'ordinaire si fiers et si arrogants, Varice et ses complices quittèrent l'école la tête basse.

Grâce au courage et à la détermination de Globule et de Fibrine, toute forme d'intimidation cessa à l'école.

Table des matières

Les aventures de Globule :